L' HEUREUX ACCIDENT.

L'HEUREUX ACCIDENT,

OU

LA MAISON

DE

CAMPAGNE

COMEDIE

Par Mr. PASSERAT.

À BRUSSELLES,

Chez GEORGE DE BACKER, Imprimeur & Marchand Libraire, aux trois Mores, à la Berg-ftraet. 1695.

Avec Privilege du Roy.

ACTEURS.

VALERE, Amant de Celimene.

LE MARQUIS.

LE CHEVALIER.

TIMANTE.

CELIMENE.

ANGELIQUE. } Coufines.

LUCRECE, amie de Celimene.

CHARLOTTE, Fille du Jardinier de Valere.

CRISPIN, Valet de Valere.

COLIN, Garçon Jardinier.

LA FOREST, Valet de Chambre d'Oronte.

DEUX LAQUAIS.

La Scene eſt à quelques lieuës de Paris dans une Maiſon de Campagne de Valere.

L'HEUREUX ACCIDENT,
OU LA MAISON DE
CAMPAGNE.
COMEDIE.

ACTE PREMIER.

Le Theatre réprefente une Chambre.

SCENE PREMIERE.

VALERE, LE MARQUIS, TIMANTE, LE CHE-
VALIER, *tous quatre à Table*, deux Laquais.

LE MARQUIS.

Uoi ! nous verrons ici ta charmante Maitreffe ?

VALERE.

Oüi, j'attens avec elle Angelique & Lucrece.
Mais je n'en ferai pas, je penfe, plus heureux ;
Cette belle eft toûjours fi contraire à mes vœux,
Que je n'ofe efperer que l'air de la Campagne
Adouciffe l'aigreur qui par tout l'accompagne ;
Car depuis fon veuvage en vain j'ay tout tanté,
Elle veut conferver fa chere liberté,
Et refoluë à fuïr l'hymen toute fa vie
Rien ne lui peut ôter cette funefte envie.

TIMANTE.

Mais dedaignant ainfi ton amour & ta foy
Qui l'a donc pû porter à fe rendre chez toy ?

A 3   VA-

VALERE.

Les accés redoublez d'une fievre importune
Ont sçû me procurer cette bonne fortune,
Et le soin d'elle-même agissant en ceci
L'a fait enfin resoudre à prendre l'air ici.
Sa cousine Angelique & la belle Lucrece
Malgré tout son scrupule & sa delicatesse
M'ont fait par leurs conseils accorder ce bonheur,
Que je reçois aussi comme un fort grand honneur,
Elles m'ont fait sçavoir ces heureuses nouvelles,
Et voici le moment d'aller au devant d'elles ;
Crispin m'avertira quand il en sera temps.

LE CHEVALIER.

Nous irons avec toy.

VALERE.

C'est à quoy je m'attens,
Et pour mieux divertir la fiere Celimene
Vous resterez ici tout au moins la quinzaine,
C'est à peu prés le temps qu'elle y doit demeurer
Et jusqu'à son départ vous devez differer.
Ne voulez-vous pas bien lui tenir compagnie ?

LE CHEVALIER.

Entre amis, à quoi bon tant de ceremonie ?
Nous resterons ici volontiers quinze jours.

VALERE.

C'est me faire plaisir, & j'ay bien crû toujours....

LE CHEVALIER.

Ah de grace finis tes complimens frivoles,
Il nous faut divertir & sans tant de paroles,

à Valere.

A boire. Manges donc si tu veux m'obliger.

VALERE.

Je te l'ay déja dit, je ne sçaurois manger.

LE CHEVALIER.

C'est regaler les gens d'une triste maniere
Et l'on doit des amis écouter la priere.

VALERE.

Je ne regale point.

La

LE CHEVALIER *à Valere.*

A ta santé.

TIMANTE.

Du Vin.

PREMIER LAQUAIS.

On y va.

LE CHEVALIER.

Par ma foy ce ragoût est divin.

LE MARQUIS.

Tu ne manges pas mal.

LE CHEVALIER.

J'aime la bonne chere.

TIMANTE.

On le voit.

LE CHEVALIER.

Là-dessus parbleu je suis sincere,
De tout temps le plaisir eut pour moi des appas
Et je n'en trouve point que dans les grands repas.

LE MARQUIS.

Tu n'es pas gras pour rien.

LE CHEVALIER.

Point de mélancolie.

VALERE.

Si tu pouvois aimer . . . .

LE CHEVALIER.

Si j'en fais la folie
Puissay-je ne manger rien de bon de six mois.

TIMANTE.

Aimer, ou n'aimer pas n'est point à nôtre choix,
La beauté malgré nous établit son empire,
Et l'Amour est vainqueur de tout ce qui respire.

LE CHEVALIER.

Ah ! parbleu, tu me plais avec ces sentimens,
Voilà comme on profite à lire les Romans.

TIMANTE.

N'en pense point railler, la Clelie & l'Astrée
Polexandre, Almahide, Ibrahim, Caticlée,
Le Roman des Romans, Faramond & Cirus.

A. 4.   Ont

L'HEUREUX ACCIDENT,

Ont êtez de tout tems l'Ecole des vertus;
Ariane, Amadis, Caſſandre & Cleopatre
Ont par tout des beautez dont je ſuis Idolatre,
On y voit des Heros au milieu des combats
Ne chercher, ne devoir leur ſalut qu'à leur bras
Enfoncer, renverſer les Troupes Ennemies
Et faire ſous leurs coups tomber cent mille vies.
On y voit ſecourir les Princes oppreſſez,
Les Empires detruits, les Trônes renverſez :
Vous voyez un guérrier gagner trente Batailles
Et l'effroy de ſon nom renverſer les murailles,
Où, ſeul, enveloppé de mille Combatans
Se faire un beau rempart de morts & de mourans;
Enfin ce ſont par tout des exemples à ſuivre,
Et qui ne les lit pas eſt indigne de vivre.

LE CHEVALIER.

C'eſt fort bien raiſonné, mais vois tu, les Romans.
Ne peuvent s'accorder avec mes ſentimens;
Quoi! Courir nuit & jour pour chercher de la gloire
Sans jamais s'arreter pour manger ou pour boire;
S'expoſer ſeul aux coups d'un million de bras,
Ou bien faire vôler ſa lance en mille éclats,
Attaquer un rival, en retarder la perte,
Se trouver au milieu de quelque Ile deſerte,
En ſortir par miracle, & retablir un Roy,
Suivre d'une beauté l'imperieuſe Loy,
Etre en bute ſans ceſſe aux traits de ſes caprices,
Souffrir ſans murmurer toutes ſes injuſtices,
Malgré ſes cruautez adorer ſes appas
Sans ſonger de ſa vie à faire un bon repas!
Tout cela, mon ami, n'eſt que pure fadaiſe,
Et pour les gens ſenſez n'a rien du tout qui plaiſe.

TIMANTE.

Quoi! morbleu quand on voit le brave Ambiomer
Echangé par les mains du Traître Briomer....

LE CHEVALIER.

Fadaiſe.

TIMANTE.

Et quand Cirus courant aprés Mandane....

LE CHEVALIER.

Fadaise.

TIMANTE.

Et Statira par l'ordre de Roxane....

LE CHEVALIER.

Sotise.

TIMANTE.

Ah! par ma foi....

LE CHEVALIER.

Sotise.

TIMANTE.

Tu pretens....

LE CHEVALIER.

Và; ce sont des pitiez qui choquent le bon sens.
Rien ne touche à mon gré comme la bonne chere;
Parle moi d'un bon vin petillant dans le verre,
De bisque, du roty; d'entremets, de ragout,
C'est-là ce qui morbleu nous chatoüille le gout.
D'un repas bien servi l'agreable abondance
Ne suffit-elle pas....

LE MARQUIS.

Eh! parlons de la Dance

à Timante.   *au Chevalier.*

Tu cheris les Romans, & toy les bons repas,
Mais la Dance a pour moi de sensibles appas.
Est-il rien de plus doux que de voir une belle
Vous venir salüer pour Dancer avec elle,
Alors sans respecter les Temoins, ni les lieux,
Vous lui serrez la main, vous lui parlez des yeux;
Vous jettez en Dansant des regards pleins de flame
Qui vers ce cher objet poussent toute nôtre ame,
Vous vous abandonnez a ce charmant vainqueur,
Et vous lui consacrez vos vœux & vôtre cœur;
La Dame étant assise, & la Dance finie,
Comme en semblables lieux la contrainte est bannie
On se jette à ses pieds pour mieux faire sa Cour;
On parle hardiment de ce nouvel Amour,
On l'appelle cent fois & son Tout & sa Reine;

A 5   Son

Son Astre, son Soleil, sa chere Souveraine,
On jure avec Sermens d'être toûjours constant,
La Dame nous écoûte avec un air content
S'applaudit en secret d'avoir en cette fête
Pû faire d'un Amant la nouvelle conquête,
Et croit que nôtre Amour pour elle est sans égal,
Mais cette ardeur finit aussi-tôt que le Bal,
Et dés le lendemain trouvant une autre Dame
On ressent à sa veuë une nouvelle flame,
Ainsi toujours aimant sans jamais aimer rien
On n'est Amant qu'autant que dure l'entretien.

TIMANTI.

Ah! fy, mon pauvre ami, le vilain caractere!

LE MARQUIS.

Parbleu, c'est le meilleur, est-il pas vrai, Valere?

VALERE.

A present c'est assez le stile des Amans,
Ils laissent la constance aux Heros des Romans.

LE MARQUIS.

Mais enfin sans parler d'Amour ni de constance
Tous mes vœux sont tournez seulement vers la Dance.

VALERE.

C'est un fort grand plaisir.

LE MARQUIS.

                            C'est un plaisir de Roy.
Valere, allons, morbleu, viens Dancer avec moy.

VALERE.

Qui, moy, Dancer? Marquis, je te rens mille graces.

LE MARQUIS, *Dance un Menuet & fait faire*
à Valere la figure de la Femme.

Parbleu, tu Danceras, pourquoi tant de grimaces.
Allons donc, en Cadence, & comme il y va doux
Tu ne fais que marcher sans ployer les genoux,
En avant, droit à moi, reculés en arriere,
Tourne donc, par ici, passe là, par derriere,
Et là donc, c'est assez. Et bien qu'en dites vous?

LE CHEVALIER.

Je n'ai pas regardé, nous parlions entre nous.

Mais

Mais laiſſons tout cela, ſi vous m'en voulez-croire
Employons nôtre tems à bien manger & boire
Car c'eſt là le plus doux des divertiſſemens.

à Valere.   à Timante.

Toy, ſois ſombre & rêveur, toy, cheris les Romans,
Et toy, mon cher Marquis, partiſan de la Dance,
Si tu le veux ainſi picque toy d'inconſtance,
Mais puiſqu'ici, Meſſieurs, nous ſommes attablez,
Et qu'aujourd'hui pour rire on nous a raſſemblez,
Divertiſſons-nous bien, & que chacun s'employe,
A maintenir ici l'allegreſſe & la joye;
Je vais pour commencer chanter une Chanſon,
Toy, verſes nous du vin, nôtre cher Echanſon.

Il Chante les paroles ſuivantes.

CHANSON.

LE plus doux plaiſir eſt de boire,
Le vrai plaiſir eſt dans les pots.
Le Vin nous fait gouter un tranquille repos
Et Bacchus ſur l'amour emporte la Victoire,
Ah ! mettons nôtre gloire
A dire à tous propos,
Le plus doux plaiſir eſt de boire
Le vrai plaiſir eſt dans les pots.

LE MARQUIS.

C'eſt air eſt par ma foi le plus joli du monde.

LE CHEVALIER à Valere.

Allons, il faut Chanter s'il vous plaît à la ronde.

VALERE.

Je ne chante jamais, & de plus à preſent....

TIMANTE.

Pour ſes amis Valere eſt bien peu complaiſant.

VALERE.

Je demande quartier, & je vous prie en grace
De me laiſſer rêver ſur tout ce qui ſe paſſe,
Pour Chanter avec vous j'ai l'eſprit trop diſtrait
Souffrez que du Deſtin j'admire chaque trait
Qui s'obſtinant ſans ceſſe à braver ma conſtance

A 6   Semble

Semble ne me donner un rayon d'esperance
Que pour mieux m'abîmer en un gouffre d'ennuis,
Je ne sçai que penser en l'état où je suis,
Si j'espere en Aimant j'offence ce que j'aime,
Si j'aime sans espoir c'est un supplice extreme,
Enfin de tous côtez je ne voy que rigueur
Et que des cruautez qui me percent le cœur;
Laissez moi donc, amis, dans cette réverie
Et divertissez-vous, c'est moi qui vous en prie.

LE CHEVALIER.

Ah! puis qu'il est ainsi, va, réves tout ton soû,
Et puisse-tu d'amour un jour devenir fou.

LE MARQUIS.

Chevalier, c'est vouloir trop de mal à Valere.

LE CHEVALIER.

Morbleu, fy de l'Amour, vive la bonne chere,
Ce que j'ai sur le cœur je le dis sans façon.

LE MARQUIS.

Allons le verre en main Chantons une Chanson.

Il Chante ce qui suit,

CHANSON.

Courons de belle en belle.
Portons par tout nos soupirs & nos vœux,
Ah! si nous voulons vivre heureux
Ne nous piquons jamais d'une ardeur éternelle,
Et ne laissons durer nos feux
Qu'autant que dure une étincelle.

LE CHEVALIER.

à Valere.

Parbleu, cassons un verre, allons, à ta Maîtresse.

LE MARQUIS.

A la belle Angelique.

Ils cassent TIMANTE.
leurs verres.   A l'aimable Lucrece.

LE MARQUIS *à Valere.*

Quoi donc, tu ne bois pas?

LE CHEVALIER.

Et laisse le réver.

SCENE

COMEDIE.

SCENE II.
VALERE, LE MARQUIS, LE CHEVALIER, TIMANTE, COLIN, DEUX LAQUAIS.

COLIN.

CRispin sur un cheval, Monsieur, vient d'arriver.

VALERE.

Dis lui qu'il vienne, tôt.

COLIN.

Il s'est mis en furie
Tout aussi-tôt qu'il est entré dans l'écurie,
Il a dit qu'il s'étoit écorché tout le . . . . .

VALERE.

Paix.

COLIN.

Mais le voici qui vient.

SCENE III.
VALERE, LE MARQUIS, LE CHEVALIER, TIMANTE, CRISPIN, COLIN, 2. LAQUAIS.

CRISPIN.

SI l'on m'y tient jamais.

VALERE.

Ma chere Celimene est prés d'ici sans doute?

CRISPIN.

Pour vous en avertir je sçai ce qu'il m'en coute.
J'ai les membres roüez.

VALERE.

Est-elle loin!

CRISPIN.

Pas trop,
Ma foi je suis venu toujours au grand galop,
De peur qu'on nous surprit j'ai couru comme un drôle
Mais que dis-je? courir, je ne cours pas, je vôle
Quand il faut vous servir & que vous commandez,
Aussi j'en tiens bien long.... car enfin.... demandez...
Colin dira.... je suis.... ah! la maudite bête!
Je suis tout écorché des pieds jusqu'à la tête;
Car qui l'eût jamais crû? toujours courant enfin

Je

Je n'ay pas demeuré quatre heures en chemin

TIMANTE.

De Paris jusqu'ici la diligence est belle.

CRISPIN.

Le plus hardi Courier n'en fit jamais de telle.
Mais aussi, par ma foi, j'ay les membres perclus.

VALERE.

On y va bien, sans courre en deux heures au plus,
Mais laissons ces discours. As-tu vû Celimene?

CRISPIN.

Et deux Dames aussi qu'avec elle elle amene,
Elles seront dans peu, je croy, sur mes talons.

VALERE.

Allons les recevoir.

TIMANTE.

Tres-volontiers.

LE CHEVALIER. Allons.

SCENE IV.

CRISPIN, COLIN, DEUX LAQUAIS.

CRISPIN.

VOus n'avez qu'à courir, si j'y vais, que je meure,
Mais, Colin, leur départ s'est fait à la bonne heure.
Pour reprendre au plûtôt ma force & ma santé,
Je vais boite six coups, manger de ce Pâté,
M'en donner à gôgô sans autre inquietude;
Rien n'est tel à mon gré contre la lassitude,
On est bien-tôt rémis avec un bon repas.

COLIN.

Helas! je n'en peux plus, Crispin, je suis bien las.

CRISPIN.

Tu veux donc essayer aussi de ce remede?

COLIN.

Et oüy da, pourquoy non?

CRISPIN.

Le mal qui te possede
N'est pas fort dangereux. Approche, mets-toy là,
Bûvons à qui mieux mieux, mangeons tout.

Co-

COLIN. Bon cela

Je ne me suis trouvé jamais en telle fête,
Dame, tu manges trop.

CRISPIN.

Peste soit de la bête.

Prétens-tu me contraindre & me faire enrager,
Fais à ta fantaisie & me laisse manger,
Ayant bon appetit c'est un plaisir extrême.

COLIN.

S'il ne tient qu'à cela, j'en va faire de même.

CRISPIN.

Bûvons.

COLIN.

Du Vin.

CRISPIN.

Du Vin.

COLIN.

A boire.

CRISPIN.

Verses donc.

COLIN.

A boire.

CRISPIN.

A boire.

COLIN.

A boire.

CRISPIN.

A boire.

DEUXIE'ME LAQUAIS.

Est-ce assez?

CRISPIN.

Non.

COLIN.

Du Vin.

CRISPIN.

Du Vin.

COLIN.

Du Vin.

CRIS-

CRISPIN.

Donnes-moy tout le reste.

PREMIER LAQUAIS.

Ils creveront tous deux.

CRISPIN.

Oh, non, je te proteste,
Je bois beaucoup sans doute & je mange encor mieux
Mais, Colin, entre-nous raisonnons en ces lieux,
Pourquoy toujours rester dans cette humeur grossiere.
Quelquefois à Paris que ne suis-tu Valere ?
Ne peux-tu pas un jour y venir avec nous ?

COLIN *toujours mangeant.*

Ouy da, ouy da.

CRISPIN.

Veux-tu toujours planter des choux.

COLIN.

Non, non.

CRISPIN.

Veux-tu passer le plus beau de ton âge
A demeurer sans cesse à un méchant Village,
Sans voir un peu Paris & les honnêtes gens ?

COLIN.

Non, non,

CRISPIN.

Mais répons donc.

COLIN.

Tastigué, tu l'entens,
Tu voudrois m'amuser de tes belles paroles,
Je ne puis à present conter des fariboles,
Car, morguéne à la table on n'est que pour manger,
Laisses-moy donc en paix si tu veux m'obliger.

SCENE V.

CHARLOTTE, CRISPIN, COLIN.

CRISPIN.

Tout ce que tu voudras. Mais que vois-je ? Charlotte
Ah ! c'est donc toy ? permets......

CHARLOTTE.

Veux-tu te tenir ?

CRISPIN.

Aprés un si long-temps dois-tu me refuser,
Et t'effarouches-tu pour un petit baiser ?
Va, devant qu'il soit peu je te feray connoître
Qu'il faut.....

CHARLOTTE.

Laissons cela, qu'est devenu ton maître
Je voudrois lui parler.

CRISPIN.

Il ne fait que sortir,

Qu'est-ce que tu lui veux ?

CHARLOTTE.

Je venois l'avertir

Suivant l'ordre tantôt qu'il a sçû me prescrire
Que tout est net & propre ainsi qu'il le desire.
Mais Crispin depuis peu Valere est si fâcheux
Qu'on croiroit à le voir qu'il seroit amoureux ;
Car on dit que l'amour est un cruel martire,
Qu'il empêche les gens de dormir & de rire,
Et qu'en aimant l'on souffre un tourment sans égal,
Pour moy, je ne veux point ressentir un tel mal
Je fuis plus que la mort les sujets de tristesse.

CRISPIN *la voulant caresser.*

Je le croy, mais vien-ça.

COLIN *arrêtant Crispin.*

Laisses-là ma maîtresse,

Si tu veux que long-temps je soyons bons amis,
Elle sera ma femme, & je sommes promis.

CRISPIN.

Quoy ! tu vas épouser Monsieur de Coliniere ?

CHARLOTTE.

Vrayment, il faudra bien obeïr à mon pere,
Il le veut, c'est assez.

COLIN.

De quoy te mêles-tu ?

Tay-toy, car tu pourrois morguéné être battu,
Quand je vois des flatteurs jarniguéné j'enrage,
Ay-je pas bonne méne ? aga donc lui.

CRISa

CRISPIN   *à part.*
    haut.   Courage

Le grand Beneſt. Colin appaiſe ton courroux
Je ſuis ton ſerviteur.

COLIN.

à Charlotte.   Et comme il y va doux,
Si tu ſouffres jamais morgué qu'il te cajole.
Tu verras; car ton pere a donné ſa parole
Qu'il ne ſouffrira point d'autre galand que moy,
Hier en bûvant chopine il me juri ſa foy
Qu'il ne vouloit hors moy perſonne pour ſon gendre,
Et par là tu vois bien … C'eſt pour te faire entendre
Qu'en depit des raiſons du traître de Criſpin,
Il te faudra tâter malgré toy de Colin.

CRISPIN.

Tu n'as pas grand ſujet de te mettre en colere;
Je n'ay point prétendu, Colin, de te déplaire,
Au contraire, j'ay crû montrer mon amitié
En careſſant ainſi ta future moitié.

COLIN.

Entre elle & toy, vois-tu, morgué, point d'accointance,

CHARLOTTE.

Tu ſeras donc jaloux?

COLIN.

       Oh pargué, je le penſe,
Je ne ſçaurois ſouffrir qu'on me faſſe la loy,
Et ſi je ſuis Cocu ce ſera malgré moy;
Jarnigué, ſur ce point ma deffiance eſt forte.

CHARLOTTE.

Oh! fy, je n'aime point un mary de la ſorte;
Sans jamais ſoupçonner ma vertu, ni ma foy,
Je veux que mon époux ſe repoſe ſur moy,
Et, ſi, par avanture, il faut qu'il me ſoupçonne,
Quoy qu'il puiſſe arriver je luy garderay bonne
Qu'il laiſſe faire.

COLIN.

       Damé, oyez la raiſonner,
A l'entendre on diroit qu'elle m'en veut donner.

CRIS-

CRISPIN.

Et oüi, c'est là l'article.

CHARLOTTE *à Crispin.*

Et que veux tu donc dire,
Sçais-tu, Monsieur le far, que je ne veux pas rire?
Avecque ton article, Eh! qu'est-ce à dire enfin!
Que ne puis-je à present trouver un bon gourdin?
Quoi, tu pretens railler, coquin, sot, miserable,
Frippon, voleur, infame & larron detestable?

CRISPIN.

Ah! de grace fait treve à tant de veritez
Et cesse de prôner mes belles qualitez.

CHARLOTTE.

On me connoît, suffit. Depuis dix ans mon Pere
Est ici Jardinier de ton Maître Valere,
Et chacun sçait assez.... car vois-tu, Dieu merci,
Ton Maître en ses desseins n'a pas trop reussi,
Et si j'avois voulu.... mais enfin la sagesse
N'est pas incompatible avecque la jeunesse,
Et malgré ses efforts je puis jurer ma foi
Que jamais il n'a pû rien obtenir de moi.

CRISPIN.

C'est agir sagement.

CHARLOTTE.

Dans le siecle où nous sommes
On ne devroit jamais rien accorder aux hommes,
Car quand de leurs desseins ils sont venus à bout
Ils vont à leurs amis aussi-tôt conter tout,
Et mettent sans façon nôtre honneur en deroute.
Oh, si j'en parle ainsi je sçais ce qu'il m'en coute,
Ce n'est pas d'aujoud'hui que je m'en mords les doigts.

CRISPIN.

Cela t'est donc, Charlotte, arrivé quelque fois!
Sur ce chapitre là, tu me parois sçavante.

CHARLOTTE.

Laissons cela, Crispin, jamais je ne me vante.

COLIN.

Il se gausse de nous, laissons-là ce railleur,

Allons.

Allons nous en, Chalotte, & c'est bien le meilleur,
Qnand il sera tout seul il ne pourra rien dire.

CRISPIN.

Colin, ce que je dis est seulement pour rire.

COLIN.

Non, morguene, au plûtôt montrons lui les talons.

CRISPIN.

Mais quoi, tu penses donc....

COLIN.

Allons, Charlotte, allons,
Morgué, je n'aime pas les gens de cette sorte
Queuque jour il varra.

CRISPIN. Que le Diable t'emporte,

Allez, courez tous deux, si je vais aprés vous
Je veux bien consentir qu'on me donne cent coups.

ACTE II.

Le Theatre change & represente un Jardin.

SCENE PREMIERE.

CELIMENE , VALERE.

VALERE.

Qui sans doute en faveur d'une si belle flame
Vous pourriez bien changer de sentiment
Madame
Et resoudre vôtre ame à serrer les doux nœuds
Du glorieux hymen où s'attachent mes vœux,
Mais quoi j'ai beau presser vous êtes inflexible,
Rien ne sçauroit toucher vôtre cœur insensible,
Et malgré mon amour, ma peine, mon tourment
Vous voulez rester libre & fuir l'engagement:
Et bien, Madame, & bien il faut donc s'y resoudre
Mais je n'attendois pas ce dernier coup de foudre,
J'esperois que mes soins, ma tendresse & ma foi
Contre vos crüautez vous parleroient pour moi,
Que vôtre main seroit le prix de ma constance,
Cependant aujourd'hui j'en pers toute esperance.

Helas !

Helas! m'ôtant l'espoir qui flattoit mon amour
Heureux si vous pouviez m'ôter aussi le jour.

CELIMENE.

Non, non, vous vous trompez, la fin de vôtre vie
N'est point ce qui pourroit contenter mon envie,
Je veux que vous viviez; & vous estime assez
Pour craindre le trépas dont vous me menassez;
Car entre nous, Valere, oüi, je vous le confesse,
Je voudrois soulager la douleur qui vous presse,
Et voyant tout l'amour que vous avez pour moy
Je ne puis mépriser vos vœux n'y vôtre foy;
Je ne connois que trop quel est vôtre merite,
Et mon cœur en secret pour vous me sollicite
Mais, avec tout cela, je ne puis vous nier
Qu'on ne me peut resoudre à me remarier,
Que j'aime avec raison ce doux état de veuve
Et qu'il n'est point d'attrais que mon ame n'y treuve,
Si je vous acceptois un jour pour mon Epoux
Vous seriez inconstant ou peut-être jaloux,
Aprés tant de sermens vous changeriez peût-être,
Quelque facheux debat entre nous pourroit naître
Que sçai-je! vous pourriez en user autrement
Etant Mari, qu'alors que vous êtes Amant,
Enfin mille raisons que je ne puis vous dire
A vos ardents souhaits m'empéchent de souscrire
Rien ne sçauroit changer le dessein que j'en fais,
Et je pretens, Valere, être libre à jamais.

VALERE.

Ah! de grace, achevez de m'accabler, Madame;
C'est peu de mépriser, vous soupçonnez ma flame
Moi, je pourrois changer ou bien vous offenser!
Crüelle, pouvez vous seulement le penser?
Pouvez-vous soupçonner une ardeur si fidelle
Et les tendres sermens d'une amour éternelle?
Et quoi! par tant d'éclat mes feux sont confirmez,
Qu'il faut....   CELIMENE.

Et bien, je veux croire que vous m'aimez,
Que pour moi vous aurez une constance extréme,
                                   Que

Que vous vivrez en moi beaucoup plus qu'en vous même
Que vous ne ferez rien qu'au gré de mon defir.
Et qu'enfin je n'aurai jamais de deplaifir;
Mais malgré les douceurs d'une union fi belle
Me garantiriez vous de la frayeur mortelle,
Et de l'inquietude où je ferois toujours,
Que la parque avant peu ne terminât vos jours.
De deux cœurs bien unis quand l'ardeur eft la même
Chacun à tout moment tremble pour ce qu'il aime
On eft toujours en crainte, & dans un tel tourment
Loin d'avoir dans la vie aucun contentement
L'efprit toujours travaille & jamais ne repofe,
En époufant les gens c'eft à quoi l'on s'expofe;
Ainfi je ne veux point, Valere, m'engager,
Et par un tel refus je croi vous obliger.
Laiffez moi donc gouter les douceurs du Veuvage
Et ne me forcez point d'en dire d'avantage,
Ce que je fens pour vous m'oblige à refufer
Cet hymen, où vos foins voudroient me difpofer.

V A L E R E.

Quel plaifir prenez vous à voir durer ma peine!
De grace, rendez vous, aimable Celimene,
Et fouffrez que l'hymen formant des nœuds fi doux
Vous donne tout à moi, comme moi tout à vous,
Banniffez les raifons dont vôtre prevoyance
Refufant mon amour accable ma conftance,
Et fans vous fatiguer par vos reflexions
Accordez quelque chofe à mes pretentions;
Dittes, parlez, enfin que faut-il que j'efpere?

C E L I M E N E.

Je vous l'ai deja dit & le redis, Valere,
Je ne puis me refoudre à vous donner la main,
Et même vous devez approuver mon deffein.

V A L E R E.

Qui, moi, j'approuverois, ô Ciel, cette injuftice!
Ah! je ne vois que trop, helas! pour mon fupplice,
Quelle raifon vous porte à méprifer mes feux;
Vous avez refolu de rendre Oronte heureux;

Dans

Dans la vive douleur dont mon ame est saisie
Je ne puis à vos yeux cacher ma jalousie,
Ny renfermer ici ma rage & mon dépit;
Quoy qu'absent ce rival occupe vôtre esprit,
Vous me le preferez, & vous voulez, Madame,
Au prix de mon repos recompenser sa flâme,
Je ne le vois que trop, & jusques à ce jour
Vous avez pour lui seul méprisé mon amour;
Mais dans le desespoir de ne pouvoir vous plaire
Je lui feray sentir l'effet de ma colere.

CELIMINE.

En verité, je croy que vous perdez le sens,
Quoy, de sang froid, Monsieur, vous offensez les gens?
Vous vous repentirez de m'avoir fait outrage,
Allez, je ne veux pas vous parler davantage;
Retirez-vous, je vois ma cousine en ces lieux.

VALERE.

Je vais vous delivrer d'un objet odieux,
Ne craignez rien, je sors, trop fiere Celimene,
Trop aimable toujours, toujours trop inhumaine.

SCENE II.
CELIMENE, LUCRECE, ANGELIQUE.

LUCRECE.

MAdame, apparemment Valere à peur de nous
Il sort dés qu'il nous voit,

CELIMENE.

S'il fuit, ce n'est pas vous,
Il ne veut éviter que ma seule presence.

ANGELIQUE.

Je ne puis là-dessus avoir de complaisance
Cousine, & ne sçaurois m'empêcher de blâmer
Ton obstination à ne le point aimer.
En dédaignant ses feux, qu'est-ce que tu veux faire?
Il met depuis deux ans tous ses soins à te plaire,
A t'aimer, à te voir il berne son bonheur
Sans avoir jusqu'ici rien gagné sur ton cœur.
Et quoy, veux-tu rester toujours dans le veuvage?

Va,

Va , coufine, croy-moy, c'eft un foible avantage,
Les plaifir de l'hymen ont des charmes plus doux,
Rien n'eft fi fouverain que d'avoir un Epoux
C'eft prefque à tous nos maux un excellent remede;
Et qui peut feul guerir celui qui te poffede.

CELIMENE.

Ah ! coufine , finis un femblable difcours.

LUCRECE.

Mais, Madame, entre-nous pourquoy tant de détours
Pourquoy vous obftiner à refufer Valere ?
Il eft jeune , bien-fait, il s'efforce à vous plaire,
A vaincre vos rigueurs il applique fes foins,
De grace donnez-lui quelque efperance au moins;
Son extrême refpect égale fa tendreffe,
Il a beaucoup de bien , il à de la nobleffe,
De l'efprit & du cœur avec beaucoup d'amour
Je crois que c'eft affez pour l'aimer à fon tour;
Un choix fi glorieux ne peut faire de honte;
Quoy donc, prétendez-vous lui preferer Oronte ?
Vôtre cœur pourroit-il pancher de ce côté ?
Avoüez-le , Madame , avec fincerité,
Pour élever Oronte abaiffez-vous Valere ?

CELIMENE.

Je fçay la difference entre'eux que l'on doit faire
Et puis qu'il faut ici parler fincerement,
Je ne puis là-deffus balancer un moment,
Oronte eft emporté , fourbe , brutal, colere,
Et je n'apperçois rien de femblable en Valere;
Si jamais je pouvois concevoir le deffein
De donner à l'un d'eux & mon cœur & ma main,
Je ferois là-deffus bien-tôt déterminée ;
Mais ne me parlez pas d'un fecond hymenée,
Le plaifir d'être libre a trop d'appas pour moy,
Et je hais de l'amour la tirannique loy.

ANGELIQUE.

Le Ciel m'a fçeu former d'une humeur plus docile
Et je ne fuis point, moy, d'accés fi difficile,
Si de mes yeux quelqu'un s'étoit laiffé charmer

Je ne resterois pas si longtems sans l'aimer,
Et dés qu'il me diroit, Madame, je vous aime,
Je répondrois d'abord, moi j'en fais tout de même.
Je voudrois au plûtôt remplit tous ses desirs,
Et goûter de l'hymen les sensibles plaisirs.
A quoi bon ces détours, pourquoi toutes ces feintes?
Bannissons en amour les soucis & les plaintes,
Aimons quand on nous aime & sans tant de façons;
Croi moi, chere Cousine, & retiens ces leçons,
Tâches donc à l'hymen de resoudre ton ame,
Et ne sois plus de glace auprés de tant de flame.

CELIMENE.

Ah! Cousine, c'est trop me presser là-dessus,
Mais sur un tel sujet tes soins sont superflus;
Vos esprits empressez en faveur de Valere,
Ne sont-ils pas contens de ce qu'ils m'ont fait faire
Ils m'ont fait consentir à prendre l'air ici
Et vos soins redoublez n'ont que trop réussi;
Je ne me repens point d'avoir fait ce voyage
Mais n'en demandez pas toutes deux davantage,
Et sans plus me parler ny d'hymen n'y d'amour,
Tâchons à profiter de la beauté du jour;
On m'a dit qu'ici prés est un bois admirable,
Où l'on goûte le soir un plaisir delectable,
Pour repaître nos yeux de toutes ses beautez,
Nous irons aujourd'hui si vous le souhaitez.
à Lucrece.
Madame, à la fraicheur la promenade enchante.

LUCRECE.

Madame, je le veux.

ANGELIQUE.

Et moi, j'en suis contente.

CELIMENE.

Je vais me reposer, quand il faudra partir,
Cousine, prens le soin de me faire avertir;
Sur tout autre plaisir j'aime la promenade.

ANGELIQUE.

Oüi, cela divertit sans doute une malade.

B   Lu-

LUCRECE.

Allez, Madame, allez, laissez-nous ce souci,
Nous autres, cependant, nous resterons ici,
J'aime de ce jardin l'agreable verdure.

SCENE III.

ANGELIQUE, LUCRECE, COLIN.

ANGELIQUE.

QU'apperçois-je, Madame? ah! la bonne figure!
Voyez quel air stupide, il voudroit s'en aller,
Pour vous en divertir il le faut appeller.

LUCRECE.

J'y consens.

ANGELIQUE à Colin.

Approchez.

COLIN.

Oh, Madame, je n'ose.

ANGELIQUE.

Que craignez-vous? pourquoi?

COLIN.

Morgué pour queuque chose,
Si Charlotte voyoit que je parlisse à vous
Alle se fâcheroit, & je crains son courroux,
Je n'ai garde.   LUCRECE.

Charlotte est donc vôtre maîtresse,
Est-ce qu'elle est jalouse?

COLIN.

Oh que trop, la traîtresse.

LUCRECE.

Allez, ne craignez rien, nous sçaurons l'appaiser.

COLIN.

Est-ce que vous voulez toutes deux m'épouser?

ANGELIQUE.

Nous verrons, approchez, me voulez-vous pour femme?

LUCRECE.

Et moy, me voulez-vous?

COLIN.

Oüi, morguéne, Madame.

AN-

ANGELIQUE.

Mais vous ne pouvez pas nous avoir toutes deux,
Il vous faut choisir celle où s'attachent vos vœux.

LUCRECE.

Ce sera moi, je croi.

ANGELIQUE.

Ce sera moi, sans doute.

COLIN.

Dans un tel embarras, pargué, je ne vois goute :
Je vous épouserai l'une après l'autre, hé bien
Vous n'avez pas sujet de vous plaindre de rien.

ANGELIQUE.

Et quoi, par tant d'amour ne pourrai-je vous plaire ?

LUCRECE.

Pour gagner vôtre cœur je suis préte à tout faire
Parlez, m'aimerez vous, puis-je enfin l'esperer ?

ANGELIQUE.

Mon cœur après ce bien ne fait que soupirer.

LUCRECE.

Vous méprisez mes feux !

ANGELIQUE.

Vous dedaignez ma flame !

COLIN.

Là, là, ne pleurez point, vous m'avez touché l'ame,
A force de m'aimer vous me faites pitié,
Déja de vôtre amour je ressens la moitié,
Et pour vous témoigner jusqu'ou va ma tendresse ;
Souffrez que toutes deux ici je vous caresse
Et qu'un petit baiser .... LUCRECE *le repoussant.*

Ah ! point d'emportement.

COLIN.

Est-ce qu'il ne faut pas se baiser en Amant ?

LUCRECE.

Non, cela nous deplaît, & n'est point necessaire.

COLIN *voulant s'en aller.*

Oh bien je m'en vais donc achever mon affaire.

ANGELIQUE *l'arrêtant.*

Quel est vôtre métier ! comment vous nomme-t'on ?

B 2   Co-

C O L I N.

Je travaille au Jardin, & Colin eft mon nom.

L U C R E C E.

Eft-ce depuis longtems que vous fervez Valere?

C O L I N.

Oh, pargue je le croi, mais avant peu.... j'efpere....
Le Pere de Charlotte à la fin m'a promis..'...
Car depuis fort long-tems.... je fommes bons amis,
Et s'il faut.... mais toujours.... par nôtre mariage
J'efperons tous les deux trouver nôtre avantage,
Et chacun fçait qu'enfin.... morgué j'avons dequoi.

A N G E L I Q U E.

Quoi, Colin, vous prendrez d'autre femme que moi?

L U C R E C E.

A l'ardeur de mes feux vous êtes infenfible?

A N G E L I Q U E.

En vain pour vous fléchir je fais tont mon poffible!

L U C R E C E.

Ah! deftin trop cruel!

A N G E L I Q U E.

Ah! malheureux amour,
Tu nous fais éprouver ta rigueur en ce jour?

C O L I N.

Je fuis tout attendri des maux que je leur caufe,
Et pour les foulager je ferois toute chofe,
Ca donnez-moi la main, & ceffez vos foupirs
Il eft tems de finir de fi grands deplaifirs,
Quoi que vous foyez deux je fuis affez bon drille.
Par la fangué jamais je n'eus peur d'une fille,
Allons donc.

L U C R E C E.

Temeraire!

C O L I N.

Allons vîte.

A N G E L I Q U E.

Infolent!

C O L I N.

Morgué, je vous connois, le mal eft violent,
Il faut vous appliquer au vif & promt remede.

SCENE IV.

LUCRECE, ANGELIQUE, LE CHEVALIER,
TIMANTE, COLIN.

TIMANTE.

MEſdames, qu'eſt-ce donc, avez-vous beſoin d'aide ?

COLIN.

Parguene vous vaurez.

LE CHEVALIER.

Que veut dire ceci ?
Allons, beliſtre, allons, retire-toy d'ici.

COLIN.

Mais ſi......   TIMANTE.

Vîte, ſortons.

COLIN.   Mais....

LE CHEVALIER.

L'inſolence extrême !

COLIN.

Eſt-ce que vous voulez empécher que l'on m'aime ?
Morgué, ça n'eſt pas bian.

LE CHEVALIER.

Sors d'ici, te dit-on,
Si tu ne veux avoir mille coups de bâton.

SCENE V.

LUCRECE, ANGELIQUE, TIMANTE,
LE CHEVALIER.

TIMANTE.

MEſdames, contez-nous quelle eſt cette avanture,
Et pourquoy ce maraut.....

ANGELIQUE.

Ce n'eſt rien je vous jure ;
Tantôt nous promenant ſeules dans ce jardin
Nous avons vers là bas apperceu ce badin,
Et l'entendant parler d'amour & de maîtreſſe,
Nous avons feint pour lui d'avoir de la tendreſſe ;
Il la crût tut de bon, & ſe laiſſant tanter
D'une fiâme ſi prompte il vouloit profiter,

B 3   Voilà

Voilà la verité de toute cette hiſtoire.

LE CHEVALIER.

Elle eſt aſſez plaiſante & difficile à croire.

LUCRECE.

Cet effronté je penſe, avoit perdu le ſens.

LE CHEVALIER.

Il ne faut point railler avec ces innocens,
Ils ont bon appetit s'ils n'ont pas bonne mine,
Et ſont impatiens plus qu'on ne s'imagine.

TIMANTE.

Je n'ay jamais rien vû de plus divertiſſant,
Madame en un Roman cela ſeroit plaiſant.

LUCRECE.

Ouy, cela ſeroit bon dans le Roman comique.

LE CHEVALIER.

Quoy, Timante, toujours la même ardeur te pique?
Tu ne peux là deſſus vaincre tes ſentimens,
Et tu m'étourdiras ſans ceſſe de Romans?
Je t'entendray parler de Celadon, d'Aſtrée,
De Chevaliers errants de contrée en contrée,
De Châteaux pris par force, & de Géants domtez
Et des fables chez toy paſſent pour veritez.
Va, Timante, croy moy, laiſſe ce badinage
Et ne t'aviſe point d'en parler d'avantage.

TIMANTE.

Mais toy, veux tu ſans ceſſe abonder en ton ſens?
Les Romans ſont reçeus chez les honnêtes gens,
A la Cour, à la Ville, on voit chacun les lire,
Et nous divertiſſant ils peuvent nous inſtruire.

LUCRECE.

Ouy, ſans doute, Timante, en toutes les façons
Les Romans ſont pour nous d'agreables leçons,
On les voit approuvez des hommes les plus ſages
Lorſque nous en ſçavons faire de bons uſages;
  au Chevalier.
Ainſi c'eſt ſans raiſon que vous les mépriſez.

LE CHEVALIER.

Et bien n'en parlons plus, Madame, c'eſt aſſez;

Si

Si femblable lecture a l'honneur de vous plaire
Vous pouvez pleinement ici vous fatisfaire,
Valere les a tous.   LUCRECE.
                    Eft-il vray ?
              LE CHEVALIER.
                          Chacun dit
Que ce font les Romans qui lui gâtent l'efprit.
    à Angelique.
Qu'en dites-vous, Madame ?

              ANGELIQUE.
                    Et qu'en pourrois-je dire ?
Je n'ay jamais aimé, Chevalier, à les lire,
Un femblable plaifir a pour moy peu d'appas,
J'aime fort les Cadeaux, le bal, les bons repas,
J'aime tous les endroits où regne l'allegreffe,
Et fuis incompatible avecque la triftefle,
Mon cœur n'eft point formé pour pouffer des foupirs,
Je cherche avidemment la joye & les plaifirs,
Je vais à l'Opera, je vois la Comedie,
Et n'ay pas un moment de chagrin dans la vie.

              LE CHEVALIER.
Parbleu vous me charmez & dans vôtre difcours
Je reconnois le train que je fais tous les jours,
Le Ciel nous a formez, je penfe, l'un pour l'autre,
Et jufques à prefent mon humeur eft la vôtre.

              ANGELIQUE.
A quoy bon affecter un fi grand ferieux ?
Tenez, ma joye augmente en ces aimables lieux,
Et cette gayeté qui par tout m'accompagne
Semble fe redoubler à l'air de la campagne ;
Ces jardins ont pourmoy mille fecrets plaifirs,
Le doux chant des oyfeaux, le fouffle des Zephirs,
Tout flatte le penchant de mon humeur badine.

              TIMANTE.
Mais nous ne voyons point vôtre aimable coufine,
Que fait elle à prefent ?

              LUCRECE.
                    Nous devons toutes trois
              B 4   Aller

Aller à la fraîcheur nous promener au Bois
On dit que l'on y goûte un plaisir admirable.

TIMANTE.

Oüy, Madame, il est vray, rien n'est plus agreable
Si vous le permettez nous vous y conduirons.

ANGELIQUE.

Plus nous serons de foux, Messieurs, plus nous rirons,
Tres-volontiers. Je crois qu'il seroit necessaire
Si la chose est ainsi, d'en avertir Valere,
Peut-être il voudra bien y venir avec nous.

au Chevalier.

Chargez-nous de ce soin.

LE CHEVALIER.

L'ordre m'en est bien doux
Je vous obeïray, Madame, avecque joye,
Et c'est assez pour moy qu'Angelique m'employe.

ANGELIQUE.

Ah ! finissez de grace un pareil compliment,
Et faites au plûtôt sçavoir à cet Amant
Que s'il veut soulager son amoureuse peine
Il peut entretenir tout le soir Celimene,
Nous allons à sa chambre où chacun se rendra,
Vous viendrez nous y prendre à l'heure qu'il faudra.

❖❖❖❖❖❖❖❖❖❖❖❖ ❖❖❖❖❖❖❖❖❖❖❖❖

ACTE III.

Le Théatre change & represente un Bois.

SCENE PREMIERE.

CHARLOTTE, CRISPIN, COLIN.

CHARLOTTE.

Crispin, c'est donc ici que nous devons attendre?

CRISPIN.

Oüy, c'est dans cet endroit où chacun se doit rendre,
Les Dames avant peu s'y doivent assembler,
Valere d'un concert les y veut regaler,
Et s'il en faut juger sur ce que l'on apprête
Nous verrons en ces lieux une agreable fête;

Car

Car pour rendre aujourd'hui le plaisir plus complet
Au concert preparé l'on doit joindre un ballet.
Il faut faire tous trois ce que mon Maître ordonne;
Et voir exactement s'il ne manque personne,
Si les Danceurs sont prêts, si les chanteurs sont là,
Enfin si tout répond à son desir; voilà
Ce qu'en sortant Valere à commandé lui même.

CHARLOTTE.

Ma foy j'en suis bien aise & ma joye est extrême;
Car franchement, vois-tu, j'aime les instrumens,
Et la dance a pour moy mille & mille agrémens.
Quand nous dansons en rond le soir dans la prairie
Je tressaille, je saute, & mon ame est ravie;
C'est là le seul plaisir où mon cœur est enclin.

CRISPIN.

Que veut dire ceci? tu ne dis mot, Colin?

COLIN.

Si je ne parles pas, Crispin, ce que j'acoute
Je n'en pense pas moins.

CHARLOTTE.

Je le croy.

COLIN.

Non sans doute,
Mais morguéne tantôt l'on m'a joüé d'un tour.

CHARLOTTE.

Quoy donc, que t'a-t on fait?

COLIN. Oh rien, mais queu que jour
Ils verront.

CRISPIN.

Qui?

COLIN.

Personne.

CRIPIN.

Et que veux-tu donc dire?

COLIN.

Oh queuque chose.

CRISPIN.

Quoy?

B 5   Co-

COLIN. Pargué tu me fais rire,
Sçauras-tu ce que c'eft fi je ne veux pas moy?

CHARLOTTE.
C'eft donc un grand fecret?

COLIN.
Affurement.

CRISPIN. Ma foy
Dis-le fi tu le veux je n'en fuis guere en peine..

COLIN.
Je veux le dire moy.

CRISPIN.
Parles donc.

COLIN. Non morguéne,
Quand on veut m'acouter je ne fonne plus mot.

CRISPIN.
Tien, je n'écoute point.

COLIN. Je ne fuis pas fi fot,
Tu voudrois m'attraper pour fçavoir tout le refte.

CRISPIN.
Ah point du tout.

COLIN.
Tarrare.

CRISPIN.
Au moins tu vois que.....

COLIN. Zefte;
Non je ne diray pas que dans ce même jour
Deux Dames me voyant avoient pris de l'amour
Et qu'enfin j'étois prêt.....

CHARLOTTE.
L'agreable figure
Pour donner de l'amour.

COLIN.
Ouy, morgué, je t'affure
Et fans ces deux Monfieurs j'aurois...n'en parlons plus.

CHARLOTTE.
Va, laiffons auffi bien ces difcours fuperflus;
Il eft temps de fonger à ce qui nous amene,
J'apperçois tout le monde avecque Celimene;

C'eft

C'eft pour elle je croy que la fête se fait.

CRISPIN.

Ouy, tu l'as deviné, c'est pour elle en effet
Voyons si tout est prêt.

SCENE II.

CELIMENE, ANGELIQUE, LUCRECE, VALERE, LE CHEVALIER, LE MARQUIS, TIMANTE.

LE MARQUIS.

CE bois est admirable.

LUCRICE.

On y respire un air tout à fait agreable.

CELIMENE à *Angelique.*

Ces lieux font enchantez, qu'en dites-vous ?

ANGELIQUE. Je dis

Qu'il fait meilleur ici, confine qu'à Paris,
Qu'étant debaraffé du fracas de la ville
On goûte à la campagne un plaisir plus tranquille,
Tout y rit, tout y plaît, tout répond à nos vœux,
Et j'en trouve pour moy les habitans heureux,
Ces differens objets adouciffent leurs peines,
Tous ces prez émaillez, ces aimables fontaines,
La fraîcheur de ces bois, le murmure des eaux,
L'agreable concert de mille & mille oyfeaux,
Tout cela dans leurs cœurs infpire l'allegreffe
Et leur fait oublier leurs fujets de tristeffe.

VALERE à *Angelique.*

Pour trouver des attraits en un pareil fejour,
Madame, il ne faut point reffentir de l'amour,
C'est un mal plus fâcheux fouvent que l'on ne penfe
Et je n'en fais que trop la rude experience.

CELIMENE.

Mais vous ne dites rien, Valere, des jaloux ?
Eftimez-vous leur fort plus tranquille & plus doux ?

LE CHEVALIER.

Quiconque dit Amant, Madame, dit le reste,
Cela s'explique affez.

CELIMENE.

Oüi, je vous le proteste.

ANGELIQUE.

Cousine, il a raison, qui dit Amant, dit fou,
Jaloux, sombre, chagrin, rêveur & lougarou,
Un homme sans raison, plein de melancolie,
Et qui fait vanité souvent de sa folie,
Voilà selon mon sens ce que veut dire amant.

LUCRECE.

Madame, bien des gens l'expliquent autrement,
Quand un homme est épris d'une amour veritable
Il est soûmis, courtois, civil, honnête, affable,
L'amour le sçait changer souvent de mal en bien,
Pour venir à son but il ne neglige rien,
Il n'épargne ni soin, ni depense, ni peine,
Et fait comme Valere auprés de Celimene.

CELIMENE.

Vous pouviez supprimer cette comparaison,
Mais, changeons de discours.

TIMANTE.

Oüi, Madame a raison,
Il faut que je vous conte une plaisante histoire,
Peut-être qu'on aura quelque peine à la croire,
Mais elle est veritable, & je puis dire au moins
Que mes yeux tout à l'heure en ont étez témoins.
Tantôt fort occupé de quelque rêverie,
J'ai porté sans sçavoir mes pas vers la prairie,
Alors autour de moi regardant au hazard
J'ai veû (qui l'auroit crû) dans un coin à l'écart
Nôtre jeune Marquis couche sur la fougere,
Qui caressoit de prés une jeune Bergere,
Il tenoit sa houlette, il appelloit son chien,
Pour tâcher de lui plaire il ne negligeoit rien,
Et lui serrant la main, ma belle, je vous aime,
(Disoit-il assez bas,) d'une tendresse extréme,
Et si vous voulez bien répondre à mon desir,
Vous me ferez, Nannette, un sensible plaisir ;
Eh, de grace, mon cœur recompensez ma flâme

Et

Et foulagez l'ardeur que je fens dans mon ame,
Vos yeux l'ont embrazée, & j'en jure ma foi.
Nannette répondoit, vous vous mocquez de moi,
A tous ces beaux difcours je ne puis rien comprendre;
D'où j'étois je pouvois tout voir & tout entendre,
Ainfi j'ai profité de tout leur entretien,
Sans que nôtre Marquis en put foupçonner rien,
Enfin le refultat de cette belle affaire,
Eft qu'un loup mal appris a gâté le miftere;
Juftement dans le tems que Monfieur le Marquis.
Aprés fes doux efforts fe croyoit tout acquis,
Qu'à fes boüillans defirs Nannette étoit foumife,
Le maudit animal a gâté l'entreprife,
Et fe venant lancer au milieu du troupeau,
A troublé nos amans dans l'endroit le plus beau.
Alors me doutant bien que je vous ferois rire,
Je fuis venu toujours courant pour vous le dire
Et voilà mot pour mot tout ce qui s'eft paffé.

LE MARQUIS.

Allez, ne croyez pas ce difcours infenfé;
Il eft vrai que tantôt je parlois à Nannette,
Et pour me divertir je lui contois fleurette,
Mais la chofe n'eft pas, Mefdames, comme il dit,
Et Timante veut bien égayer fon efprit.

TIMANTE.

Je n'ai rien avancé qui ne foit veritable.

LE CHEVALIER.

Va, va, mon cher Marquis, la chofe eft fort croyable,
Ton humeur en affure, & tu m'as dit cent fois
Que le premier objet te rangeoit fous fes loix,
Qu'aujourd'hui pour la brune, & demain pour la blonde
Ton cœur toujours frippon galope tout le monde,
Qu'errant de belle en belle on te voyoit toujours
Promener en tous lieux d'inconftantes amours,
Qu'avec facilité tu perdois ta franchife,
Que tout étoit pour toi, Marquis, de bonne prife;
Et qu'enfin tu trouvois mille fecrets plaifirs
A prodiguer par tout tes vœux & tes foupirs;

A

A peu de chose prés voilà son caractere.

LE MARQUIS.

Il est vrai, je j'avouë, & n'en fais point mistere,
Je suis l'adorateur de toutes les beautez,
Je porte avec plaisir mes vœux de tous côtez,
Je ne me pique point d'une constance extréme,
Et veux bien qu'avec moi l'on en fasse de même.

VALERE.

Ah! fy, ce n'est point là ce qu'on appelle aimer,
Quand veritablement l'on se laisse enflâmer,
Quoi qu'on puisse éprouver de rigueurs & de peines,
C'est difficilement qu'on peut rompre ses chaînes,
Pour briser ses liens on manque de pouvoir,
Et ce n'est pas assez, Marquis, que le vouloir.

CELIMENE.

Ah! si l'on s'efforceoit de faire resistance,
On pourroit bien braver l'amour & sa puissance,
De ses traîts les plus forts on deffendroit son cœur,
Mais souvent les amans adorent leur erreur,
Ils cherissent leurs maux, ils en aiment la cause,
Et ne veulent jamais tanter la moindre chose.

VALERE.

A quoi bon employer des efforts superflus,
Quand l'amour est au point....

CELIMENE.

     Suffit, n'en parlons plus,
Valere. Je me sens inquiete, chagrine,
Je vais seule un moment me promener, Cousine,
Peut-être mon esprit étant en liberté,
Dissipera l'effroi dont il est agité;
Un noir pressentiment s'empare de mon ame,

     à Lucrece.

Et je veux le bannir. Pardonnez-moi, Madame,
En l'état où je suis vous aurez la bonté,
D'excuser, s'il vous plaît, mon incivilité.

VALERE.

Madame, si j'osois encor sans vous deplaire,
Vous offrir une main....

         CE-

CELIMENE.

Non, demeurez, Valere,
Pour moi la solitude a de charmans appas,
Et vous m'obligerez de ne me suivre pas.

VALERE.

Quoi que doive mon cœur en ressentir de peine,
Je vous obeirai charmante Celimene.

Celimene entre seule dans le bois.

LE CHEVALIER.

Attendant son retour allons nous reposer,
Quand nous serons assis nous pourrons mieux jazer.

LUCRECE.

Allons.

ANGELIQUE.

Tres volontiers.

Ils vont s'asseoir sur des sieges de gazon.

SCENE III.

**CHARLOTTE, LE MARQUIS, ANGELIQUE,
LUCRECE, VALERE, TIMANTE,
LE CHEVALIER.**

LE MARQUIS *appercevant Charlotte.*

AH! l'aimable personne!
Elle a l'air égrillard, & la mine friponne.
Et de grace, arrétez, ma belle, où courez vous?

CHARLOTTE.

Oh, je ne suis point faite à des propos si doux,
Je n'entens pas, Monsieur, un semblable langage,
Et ce n'est point ainsi que l'on parle au Village.

LE MARQUIS.

Où voulez-vous aller?

CHARLOTTE.

Je vais chercher des gens,
Qui devroient bien sans doute étre plus diligens,
Depuis une heure & plus on les attend, je jure,
Et je croirois pour moi, que c'est malice pure.

LE

LE MARQUIS.

Point du tout; ils viendront.

CHARLOTTE.

Oh, Monsieur....

LE MARQUIS.

Ecoutez.

CHARLOTTE.

Laissez-moi.

LE MARQUIS.

Je vous prie.

CHARLOTTE.   En vain vous m'arrêtez,

Il faut que j'obeisse aux ordres de Valere,

LE MARQUIS.

Mais tant d'empressement n'est pas fort necessaire,

Vous pouvez bien rester un moment dans ces lieux.

CHARLOTTE.

Vous vous mocquez.

LE MARQUIS.

Sçachez le pouvoir de vos yeux;

Ils ont sçû triompher de toute ma franchise

Et d'abord vous voyant mon ame s'est éprise;

Je n'ai pû resister contre tant de beautez,

Et mon cœur penetré des rares qualitez.....

CHARLOTTE.

De croire vos desirs je ne suis pas si sotte,

Et ce n'est point ainsi qu'on amuse Charlotte,

Je ne suis plus d'humeur a me laisser dupper,

C'est assez qu'une fois on ait sceu m'attraper.

Adieu, Monsieur, adieu, vous perdez vôtre peine.

Elle s'en va.

SCENE IV.

ANGELIQUE, LUCRECE, VALERE, TIMANTE, LE MARQUIS, LE CHEVALIER, CRISPIN.

CRISPIN *à Valere.*

AH! Monsieur, venez tôt secourir Celimene,
On l'enleve.

V A-

VALERE.

Ah ! courrons, dans cet extremité
Ne m'abandonnez pas.

Il sort avec ses trois amis.

ANGELIQUE.

Ah ! quelle adversité!
Dans un si grand malheur, helas ! que dois-je faire ?

LUCRECE.

Rien, Madame, en ceci laissez agir Valere,
Demeurez en ces lieux jusques à son retour,
Et croyez qu'il n'est rien d'impossible à l'amour,
Il la delivrera, du moins c'est ma pensée.

à Crispin.

Mais contes-nous comment la chose s'est passée.

CRSIPIN.

Oüi da, malgré la peur qui me trouble
Je vais en peu de mots vous en faire recit
A peine dans le bois Celimene est entrée,
Qu'une troupe de gens aussi-tôt s'est montrée,
Ils étoient tous armez, & j'ai jugé fort bien,
Que tous ces grand coquins n'étoient pas là pour rien,
Deux des plus apparents alors ont pris la peine;
De venir doucement aborder Celimene,
Madame, a dit l'un d'eux, ne vous allarmez pas,
Un Cavalier épris de vos divins appas,
Vous voyant obstinée à braver sa constance,
Est contraint d'en venir à cette violence,
C'est dans son desespoir son unique recours;
Et pour vous épargner d'inutiles discours,
Il faut que vous veniez tout-à-l'heure, Madame,
Par un hymen forcé recompenser sa flâme,
Le tems pourra toûcher vôtre cœur endurci;
Allons, Madame, allons, éloignons-nous d'ici,
Rejoignons le carosse, & de peur que Valere......

à Angelique.

Vôtre Cousine, alors est entrée en colere,
Madame, & regardant ces marauts fierement,
Quel est donc ce brutal qui se dit mon Amant ?

C'est

C'eſt en vain qu'à ce traître on prétend me conduire
Il n'eſt rien d'aſſez fort pour m'y pouvoir réduire,
A-t-elle dit, alors ils l'ont ſaiſie ; & moy
Ayant vû cette affaire avec beaucoup d'effroy,
Je ſuis venu, Madame, en avertir Valere.

LUCRECE.

Mais pour t'échapper d'eux comment as-tu pû faire ?
Car te voyant tes jours étoient en leur pouvoir.

CRISPIN.

Je n'étois pas ſi ſot que de me laiſſer voir,
Peſte, il y faiſoit chaud, je l'ay réchappé belle,
J'en ay, Madame, encore une frayeur mortelle.
Vous ſçaurez que tantôt pour complaire à Colin
J'avois mis à l'écart deux bouteilles de vin,
Et que pour boire en paix cet excellent breuvage
Nous nous eſtions cachez ſous un épais feüillage
Peür des écornifleurs ; enfin quoy qu'il en ſoit ;
Nous étions juſtement nichez dans un endroit
D'où nous pouvions tout voir, Madame, & tout entendre
Sans craindre qu'en ce lieu quelqu'un pût nous ſurpren-
    dre,
Lors que nous avons veu ce que je vous ay dit,
Et voilà de l'affaire un fidelle recit.

ANGELIQUE.

Ciel ! quelles cruautez, & quelle violence.

LUCRECE.

Le mal n'eſt pas ſi grand, peut-être, que l'on penſe.
    à Criſpin.
Etoit-ce loin d'ici ?

      CRISPIN. Non, Madame, c'eſt là
Mais je les vois venir.

SCENE V.

CELIMENE, ANGELIQUE, LUCRECE, VALERE, TIMANTE, LE MARQUIS, LE CAEVALIER, LA FOREST, CRISPIN.

ANGELIQUE.

Couſine, te voilà

                    Puiſque

Puisque je te revois souffres que je t'embrasse.
LUCRECE.
Puis-je obtenir, Madame, une semblable grace ?
CELIMENE.
Ah ! Madame croyez que c'est une douceur. . . .
VALERE *tenant la Forest.*
Il faut faire parler ce lâche ravisseur.
Dis donc, traître, dis moy, qui t'a fait entreprendre ?
LA FOREST.
Je vais vous le conter si vous voulez m'entendre ;
Oronte ayant appris que l'objet de ses vœux
Devoit ici passer une semaine ou deux,
Rempli de son amour & de sa jalousie,
Et dans le desespoir dont son ame est saisie
Egaré, sans raison, jaloux & furieux,
Nous a dit à l'instant de nous rendre en ces lieux,
D'y venir nous cacher, & pour finir sa peine
D'épier le moment d'enlever Celimene,
Nous avons obeï, nous y sommes venus ;
A peine dans ce bois nous étions-nous rendus
Que nous avons trouvé la maîtresse d'Oronte,
Mais de cet attentat nous n'avons que la honte ;
Vous avez sçeu, Messieurs, la tirer de nos mains,
Et voilà le succés de nos lâches desseins,
Oronte en est l'auteur.
CELIMENE.
>   Oronte ! ah Ciel, le traître !
VALERE.
Je te pardonne à toy, mais va dire à ton maître
Qu'il se repentira de sa temerité ;
Je sçauray le punir de cette lâcheté,
Et lui feray sentir dans ma juste colere
Qu'on n'offense jamais impunément Valere.
Va, sors d'ici, te dis-je, ôtes-toy de mes yeux.
CELIMENE.
Non, de grace, souffrez qu'il demeure en ces lieux,
Je veux qu'il soit témoin de ce que je vais faire.
Je sçais à vôtre ardeur ce que je dois, Valere,

> Mon

Mon cœur jufqu'à prefent peu fenfible à l'amour,
En faveur de vos foins fe declare en ce jour,
Et foit, ou par tendreffe, ou par reconnoiffance,
Il veut bien à vos feux permettre l'efperance,
Ainfi puis que l'hymen fait vos plus doux fouhaits,
Je confens qu'avec vous il m'uniffe à jamais,
C'eft vous recompenfer en me vangeant d'Oronte
Et montrer qu'il n'eft rien que l'amour ne furmonte.

VALERE.

Ah! Madàme, foufftez dans un fi grand bonheur,
Que pour mieux vous marquer les tranfports de mon
    cœur.   CELIMENE.

De grace, refervez pour d'autres lieux, Valere,
Les doux reffentimens d'une amour fi fincere,
Nous aurons tout le tems de nous entretenir.

à la Foreft.

Mais toi qu'un noir deffein dans ces lieux fit venir,
De tout ce que tu vois cours avertir Oronte,
Dis-lui que l'attentat n'a tourné qu'à fa honte,
Qu'un mépris éternel, beaucoup de dureté
Eft le prix que je dois à fa brutalité,
Et que le deteftant, mon cœur tout au contraire,
Va par un prompt hymen recompenfer Valere.
Cours, & delivres-nous d'un objet odieux.

LA FOREST.

Oüi, je vais à l'inftant m'éloigner de ces lieux,
Et quoi que puiffe Oronte en fouffrir dans fon ame,
Tous vos ordres feront executez, Madame.

SCENE VI.

CELIMENE, ANGELIQUE, LUCRECE, VALERE, TIMANTE, LE MARQUIS, LE CHEVALIER.

VALERE.

ET vous, mes chers amis, dont l'utile fecours
A fçeû me procurer le repos de mes jours,
Vôtre affiftance étoit ici fort neceffaire,
Et....   LE MARQUIS.

Nous n'avons rien fait que nous n'ayons dû faire,

Il faut dans le besoin secourir ses amis.

TIMANTE.

Pour moi, si de parler il peut m'être permis,
J'avoüerai franchement que j'adore Lucrece,
Et que je sens pour elle une extréme tendresse;
Si l'exemple aujourd'hui la pouvoit obliger,
A vouloir quelque jour sous l'hymen s'engager,
Je la conjurois d'accepter mon service.

CELIMENE *à Lucrece.*

Ah! Madame, à Timante il faut rendre justice,
Vous ne pouvez mieux faire & je croi qu'aujourd'hui.....

LUCRECE.

Ah! j'ai beaucoup d'égard & d'estime pour lui;
Mais vous me permettrez d'examiner, Madame,
Le penchant de mon cœur & l'état de mon ame,
Avant que de repondre il y faut bien songer,
Et ce n'est point ainsi que l'on doit s'engager,
Pour conclure si-tôt c'est une grande affaire.
Cependant je veux bien consentir qu'il espere,
Il peut tout obtenir si son cœur est constant.

TIMANTE.

S'il est ainsi, Madame, ah! je suis trop content,
Le bonheur de vous plaire est mon unique envie.

LE CHEVALIER.

Puis qu'il faut s'engager une fois dans la vie,
Et d'hymen tôt ou tard subir la douce loi,
Angelique veut-elle & mon cœur & ma foi?
Je vous l'ai deja dit, je vous trouve charmante,
Et dans vôtre personne il n'est rien qui n'enchante,
Vous cherchez le plaisir, & je ne le fuis pas,
Vous aimez les cadeaux, & moi les bons repas,
Nous sommes, croyez-moi, destinez l'un pour l'autre,
Et mon humeur en tout est semblable à la vôtre,
Ainsi nôtre union n'aura rien que de doux.
Parlez-donc, voulez-vous m'accepter pour époux?
Pour obtenir ce bien je suis prêt à tout faire.

ANGELIQUE.

C'est là se declarer sans beaucoup de mistere,

Mais

Mais de mon naturel haïssant les façons,
Chevalier, Je veux bien en croire vos leçons;
Lors que l'hymen joindra ma Cousine à Valere,
Vous obtiendrez le bien que vôtre cœur espere.
Mais quand par ces liens nous serons joints tous deux,
N'allez pas devenir jaloux, sombre ou facheux,
Je ne veux point d'Epoux qui soit melancolique,
Je veux rire toujours.

LE CHEVALIER.

    Oüi, ma belle Angelique,
Je n'exige de vous que de la gayeté,
Et nous aurons ensemble entiere liberté.

LE MARQUIS.

Je suis ravi de voir une union si belle,
Mais pour moi point d'hymen vive la bagatellé,
A ces engagemens je prens peu de plaisir,
Et la dance toujours fait mon plus cher desir;
Je ne m'embarque point de crainte de tempéte.

SCENE DERNIERE.

CELIMENE, LUCRECE, ANGELIQUE, VALERE, LE MARQUIS, TIMANTE, LE CHEVALIER, CHARLOTTE.

CHARLOTTE.

Monsieur, vos gens sont là preparez pour la fête.

VALERE.

Qu'ils viennent au plûtôt, admirons cependant,
Le surprenant effet d'un heureux accident.

FIN.

❖❖❖❖❖❖❖❖❖❖❖❖❖❖❖❖❖❖❖❖❖❖❖❖

Une grande Troupe de Danceurs & de Chanteurs
deguisez en Silvains & en Faunes, vient donner par
l'ordre de Valere une fête galante à Celimene.

PREMIER FAUNE chantant.

Tout brille dans nos bois d'une spendeur nouvelle
 Les arbres sont plus verts, & la terre est plus belle,
Quelle divinité va descendre des Cieux?

       DEUXIE'-

DEUXIE'ME FAUNE chantant.

Les attraits surprenans d'une illustre mortelle,
Font seuls le changement que tu vois en ces lieux;
    Tous ces objets delicieux
    N'empruntent leur éclat que d'elle,
Et tout cede sans peine au pouvoir de ses yeux.
Elle honnore nos bois de sa chere presence,
    Venez Silvains, suivez mes pas,
    Par nos chants & par nôtre dance,
    Rendons hommage à ses appas.

Plusieurs Faunes & Silvains dancent, & l'antrée étant
finie, le premier Faune chante ce qui suit.

PREMIER FAUNE.

Son sejour en ces lieux va faire tout renaître,
Les fleurs dessous ses pas commencent de paroître;
On voit déja les ris, les plaisirs, & les yeux,
    La suivre dans ces verds boccages,
    Et les oiseaux par leurs ramages,
Semblent lui presenter leur hommage & leur vœux.

DEUXIE'ME FAUNE.

Le Soleil étonné de voir tant de beautez,
S'abîmant dans les eaux a fini sa carriere,
    Et toute sa lumiere,
Ne sçauroit resister contre tant de clartez.
    Il a porté ses feux dans l'onde,
La honte & le dépit occupent ses esprits,
Et voyant ces beaux yeux éclairer tout le monde,
Il va se consoler dans les bras de Thétis.
    Ah quel plaisir, ah, quelle gloire,
    Le Ciel nous donne dans ce jour!
    Qu'en cet heureux sejour
On en garde à jamais la celebre memoire;
    Qu'en cet heureux sejour
On n'entende parler que de jeux & d'amour.

LE CHOEUR.

    Qu'en cet heureurx sejour
On en garde à jamais la celebre memoire,
    Qu'en cet heureux sejour,
On n'entende parler que de jeux & d'amour.

Les Faunes & les Silvains redancent, & ensuite, le premier Faune chante ces paroles.

PREMIER FAUNE.

Tôt ou tard l'amour sçait nous prendre
Il peut tout vaincre & tout charmer ;
C'est en vain qu'on veut s'en deffendre,
Il faut à la fin s'enflammer ;
Fieres beautez, hâtez-vous de vous rendre,
Il n'est jamais trop tôt d'aimer.

DEUXIE'ME FAUNE.

Rendez-vous, beautez cruelles
Suivez l'amour & ses loix.

LE CHOEUR.

Rendez-vous, beautez cruelles
Suivez l'amour & ses loix.

PREMIER FAUNE.

Mais soyez toujours fidelles
Si vous aimez une fois.

LE CHOEUR.

Mais soyez toujours fidelles
Si vous aimez une fois.

Pendant ces deux petits Chœurs, les Danceurs mêlent leurs pas au son des instrumens & aux voix des chanteurs ; aprés quoi le deuxiéme Faune chante ce qui suit.

DEUXIE'ME FAUNE.

Les plaisirs que l'amour donne,
Sont pour les amans constans,
Tôt ou tard ils sont contens,
Et sans que rien les étonne
Ils obtiennent tout du tems.
Les plaisirs que l'amour donne
Sont pour les amans constans.

LE CHOEUR.

Les plaisirs que l'amour donne
Sont pour les amans constans.

Les Faunes & les Silvains recommencent à dancer, & finissent par leur Antrée ; la fête que Valere donne à sa Maîtresse.

FIN.

www.ingramcontent.com/pod-product-compliance
Lightning Source LLC
Chambersburg PA
CBHW061700180626
46818CB00003B/1190